22 Mars 1884

COLLECTION DE M. CH. B[illegible]

MINIATURES

BOITES, DESSINS, GOUACHES

Objets Divers

Yd1 8

IMPRIMERIE DE L'ART

CATALOGUE

DES

MINIATURES

BOITES — DESSINS — GOUACHES

Groupes en terre de Lorraine et Saxe

OBJETS DE VITRINE

Composant la Collection de M. Ch. B***

ET DONT LA VENTE AURA LIEU

HOTEL DROUOT, SALLE N° 7

Le Samedi 22 Mars 1884, à 2 heures.

COMMISSAIRE-PRISEUR	EXPERT
Me MAURICE DELESTRE	**M. L. COBLENTZ, peintre**
27, rue Drouot, 27	10, rue Notre-Dame-de-Lorette, 10

Chez lesquels se trouve le présent Catalogue.

EXPOSITION PUBLIQUE : Le Vendredi 21 Mars 1884

DE UNE HEURE A CINQ HEURES

D 55417

CONDITIONS DE LA VENTE

La vente aura lieu expressément au comptant.

Les acquéreurs payeront en sus des enchères *cinq pour cent* applicables aux frais.

L'exposition mettant le public à même de se rendre compte de l'état des objets, aucune réclamation ne sera admise une fois l'adjudication prononcée.

Paris. — Imp. de l'Art, J. Rouam, 41, rue de la Victoire.

DÉSIGNATION DES OBJETS

BOITES

1 — Boîte ronde en écaille blonde, ornée d'une miniature sur ivoire, représentant à mi-corps une jeune fille vêtue de blanc, les bras croisés, sur un tertre. Fond de paysage. Époque Louis XVI. Monture en or gravé.

2 — Boîte en écaille blonde, ornée d'une miniature sur ivoire. Portrait de jeune femme vêtue d'une robe blanche, les épaules recouvertes d'un fichu jaune. Un ruban bleu passe dans les cheveux légèrement poudrés. Monture en or. Époque Louis XVI.

3 — Boîte ronde en écaille blonde piquée d'or, ornée d'un portrait de jeune fille vêtue d'une robe blanche plissée au col. Les cheveux blonds bouclés sont serrés sous une

coiffure de mousseline blanche. Époque Louis XVI. Attribuée à Vestier.

4 — Boîte ronde en écaille blonde, ornée d'une miniature sur ivoire offrant le portrait de Charlotte Corday, attribué à Périn. Elle est en buste, vêtue d'une robe bleue et coiffée d'un bonnet blanc. Monture en or.

5 — Boîte ronde en écaille brune, ornée d'une miniature représentant une bacchante, en buste. Signée : Sicardi. Monture en or.

6 — Boîte ronde en écaille blonde, ornée d'une miniature sur ivoire, par Mélanie Müller. Portrait de jeune femme en buste vêtue d'une robe violette, ouvrant en cœur sur la poitrine. Les cheveux légèrement poudrés retombent en boucles sur les épaules. Époque Louis XVI. Signée à gauche.

7 — Boîte ronde en écaille brune, ornée sur le couvercle d'une miniature ovale sur ivoire. Portrait de jeune femme vêtue d'une robe rose et coiffée d'un bonnet blanc. (Provenant de la collection Leblond.)

8 — Boîte ronde en vernis Martin à fond or et

rayures, ornée d'une miniature sur ivoire, représentant : *Marchez doux, parlez bas*, d'après Baudouin. Monture en or.

9 — Boîte ronde en vernis Martin fond blanc à rayures, ornée d'une miniature sur ivoire, représentant *le Galant Jardinier*, d'après Baudouin.

10 — Boîte ronde en écaille brune, ornée d'un fixé représentant un cavalier à la porte d'une ferme, par Swébach.

11 — Boîte ronde en écaille blonde, ornée d'une miniature sur ivoire représentant une femme assise, tenant un enfant dans ses bras. Époque de l'Empire.

12 — Boîte ronde en vernis Martin, ornée d'une miniature représentant une jeune femme en buste, vêtue d'un costume bleu. Un ressort dissimulé dans la monture laisse voir un sujet dans le genre de Klingstedt.

13 — Boîte ronde en écaille blonde incrustée de sujets à personnages et animaux en or. Époque Louis XVI.

14 — Boîte ronde en buis offrant sur le couvercle le portrait en miniature de Madame Élisabeth de France décorant un sarcophage entouré des trois vertus théologales. Travail en bois par Bonzœnigo.

15 — Boîte ronde en écaille blonde, ornée d'un sujet modelé en cire sur opale : *le Serment d'amour*. Époque Louis XVI.

16 — Boîte ronde en poudre d'écaille imitant le granit vert, ornée au couvercle d'un damier de cheveux sur lequel repose une miniature à huit pas représentant une jeune femme en costume blanc du temps de Louis XVI.

17 — Boîte ronde en écaille brune incrustée d'or, ornée sur le couvercle d'une rosace en or.

18 — Boîte ronde en vernis Martin, galonnée d'argent, offrant sur le couvercle un bal masqué, un intérieur de boudoir au-dessous, et sur le pourtour des instruments de musique.

19 — Boîte ronde en écaille brune, ornée d'une petite miniature ovale représentant, en buste, le portrait d'un personnage du temps

de Louis XV, vêtu d'un habit vert bordé d'or.

20 — Boîte ronde en poudre d'écaille rose, ornée sur le couvercle d'un petit sujet sur fond bleu rayonnant. Monture en or.

21 — Boîte ronde en poudre d'écaille brune, ornée d'une miniature, représentant le Retour du marché, par Taunay.

22 — Boîte noire, ornée d'une miniature ronde sur ivoire représentant une allégorie de l'Amitié. Peinte en grisaille sur fond noir par Sauvage. Signé.

23 — Boîte ronde en écaille brune, ornée d'une peinture sur porcelaine, représentant en profil le portrait de l'impératrice Marie-Louise, peinte en grisaille.

24 — Boîte ronde en cuivre doré, époque Louis XV; sur le couvercle se trouve un vase de fleurs brodé sur étoffe.

25 — Boîte ronde en ivoire portant sur le couvercle un petit trophée peint sur nacre, entouré d'un cercle en or.

26 — Boîte ovale en ancienne porcelaine de Saxe, décor à fleurs et ornements en relief. Monture en argent doré.

MINIATURES

27 — Miniature ronde sur ivoire, attribuée à Hall. Portrait de femme en buste, vêtue d'un corsage à collet blanc orné de passementeries vertes. Les cheveux légèrement poudrés sont ornés d'un double ruban rose. Signée à gauche. Cadre à réverbère en or émaillé d'un filet blanc.

28 — Miniature ronde sur ivoire. Portrait de dame en costume blanc assise auprès d'un meuble. Sa chevelure légèrement poudrée est ornée d'une coiffure en mousseline blanche. Époque Louis XVI. Cadre en or.

29 — Miniature ronde sur ivoire, par Augustin. Portrait en buste de Mlle de Chabannes. Elle est vêtue de gris, les épaules recouvertes d'une écharpe jaune, bordée de rouge. Signée à gauche.

30 — Miniature ovale sur ivoire, par Aubry.

Portrait de femme vue à mi-corps, vêtue d'une robe blanche serrée à la taille par une large ceinture rouge. Cadre à réverbère en or ciselé.

31 — Miniature ovale sur ivoire. Portrait de la baronne de Wenzel, vêtue d'un riche costume bleu orné d'un fichu blanc, les cheveux poudrés sont surmontés d'une coiffure de mousseline blanche et rubans bleus. Signée à droite : *Vestier fecit. 1778*. Cadre en or.

32 — Miniature ronde sur ivoire. Portrait de petite fille tenant une corbeille de fleurs dans ses bras. Époque Louis XVI. Dans un cadre rectangulaire en bronze doré, de même époque, à ornements ajourés sur fond de vermeil.

33 — Miniature ronde sur ivoire, représentant dans un jardin, une fillette tenant sur ses genoux un petit chien. Époque de Louis XVI. Cette miniature est montée dans un cadre rectangulaire en bronze doré semblable au précédent.

34 — Miniature ronde sur ivoire. Portrait de la reine Marie-Antoinette. École allemande.

En buste, les cheveux retombant en boucles sur les épaules, elle est vêtue d'un corsage bordé de bleu.

35 — Miniature ovale sur vélin, attribuée à Petitot. Portrait de femme en buste, corsage bleu; manteau rouge, collier de perles, et perles dans les cheveux. Cadre en or.

36 — Miniature ronde gouachée. Portrait de dame en costume rose, les bras reposant sur un livre ouvert. Époque Louis XV.

37 — Miniature ovale sur ivoire. Portrait de jeune femme du temps de Louis XVI, assise auprès d'une table. Coiffée d'un large chapeau de paille, vêtue d'une robe bleue. Cadre rectangulaire en bois très finement sculpté.

38 — Grande miniature ovale sur vélin. Portrait de jeune fille coiffée d'un large chapeau de paille, tenant dans ses bras une gerbe de fleurs des champs. Cadre bois noir. Époque Louis XVI.

39 — Miniature ovale. Portrait de jeune femme, vêtue d'un corsage bleu et coiffée d'un cha-

peau de paille orné de rubans bleus. Époque Louis XV. Cadre en or.

40 — Miniature ronde sur ivoire. Portrait de jeune femme du temps de Louis XVI, vêtue d'une robe flottante blanche, retenue à la taille par un ruban bleu. Les cheveux bouclés sont traversés par un cordon de perles. Signée : Hall. Cadre en or gravé.

41 — Miniature ronde sur ivoire. Portrait de jeune femme du temps de Louis XVI, vêtue de blanc et recouverte d'un manteau bleu. Elle est coiffée d'un bonnet blanc. Fond de verdure. Cadre en or gravé.

42 — Miniature ovale sur ivoire, représentant une jeune femme, vue à mi-corps, assise auprès d'une table et tenant une lettre à la main. Cadre à nœud en bronze doré. (Cette jolie miniature provient de la vente de la collection Couvreur, et fut cataloguée sous l'attribution de Hall.)

43 — Miniature ronde sur ivoire. Portrait de jeune femme du temps de Louis XVI, en robe blanche serrée à la taille par des rubans bleus. Ses cheveux sont serrés sous un fou-

lard bleu. Cadre à réverbère en or émaillé d'un filet blanc.

44 — Grande miniature rectangulaire sur ivoire, attribuée à Raoulx. Portrait de la Champmêlé vue à mi-corps, assise, vêtue d'une robe rouge et tenant une lettre à la main. Cadre en argent très finement repercé à jour.

45 — Miniature ronde sur ivoire attribuée à Vestier. Portrait de Mme de Montesson, vêtue d'une robe mauve ornée de dentelles, les cheveux poudrés : elle est assise et tient à la main une miniature qu'elle vient de prendre dans un coffret entr'ouvert auprès d'elle. Cadre en or. Époque Louis XVI.

46 — Miniature ronde sur ivoire. Portrait de Mme Catalani, vue à mi-corps, pinçant de la harpe, dans un jardin. Cadre en bronze doré.

Provenant de la collection Lenoir.

47 — Miniature ronde sur ivoire. Portrait de jeune femme, vue à mi-corps, le bras gauche reposant sur une table recouverte d'un tapis vert. Robe blanche, ceinture rose et ruban

rose dans les cheveux blonds. Cadre en bronze doré. Époque Louis XVI.

48 — Miniature ronde sur ivoire. Les Ravaudeuses, scène du vieux Paris. Cadre en bronze doré.

49 — Miniature ronde sur ivoire. La Nuit, d'après Baudouin, dans un cadre à nœud en or ciselé.

50 — Miniature ovale sur ivoire. Portrait de fillette tenant une rose. Cadre à nœud en or ciselé.

51 — Miniature ovale sur vélin. Portrait de la marquise de Pompadour costumée en Muse, tenant une lyre à la main, et entourée d'une draperie rose. Cadre à nœud en cuivre doré. Époque Louis XV.

52 — Miniature ovale sur ivoire. Portrait de femme du temps de Louis XVI, en buste, corsage violet. Chevelure blonde, dans laquelle passe un ruban blanc. Dans un cadre à nœud en marcassite.

53 — Miniature ronde sur ivoire. Portrait de Mme Récamier. Vêtue d'une robe violette

ouvrant en cœur sur la poitrine, elle écarte de la main gauche le léger voile qui lui couvrait le visage. Cadre en or gravé.

54 — Miniature ronde sur ivoire, par Parent. Portrait en profil d'une dame du temps de Louis XVI, vêtue d'une robe de satin blanc. Avec une draperie rattachée à l'épaule par un cordon de perles. Fond bleu intense. Cadre argent doré.

55 — Miniature ovale sur ivoire. Portrait de femme, époque Louis XVI, la tête un peu renversée en arrière; les cheveux relevés, ornés d'un ruban rose, retombent en boucles sur la poitrine complètement découverte. Cadre en bronze doré.

56 — Miniature ronde sur vélin, attribuée à van Blarenberghe. Portrait de Zamore, en costume d'Arlequin. Fond de paysage.

57 — Miniature à l'huile. Le Repos du Pâtre. Paysage animé de figures et d'animaux. Cadre en bois doré, finement sculpté. Époque Louis XIV.

58 — Planchette en velours grenat, contenant le

portrait de Mgr le duc de Bordeaux et de Mademoiselle, miniatures ovales sur ivoire, signées à gauche : M. C. Au-dessus de chaque portrait, se trouvent des armoiries et des fleurs de lis d'or.

59 — Miniature ovale sur ivoire. Portrait de la reine Marie-Antoinette vêtue d'une robe blanche, recouverte d'un manteau violet garni de fourrures.

60 — Miniature ronde sur ivoire. Portrait de la reine Marie-Antoinette au Temple. Signée à gauche : F. Fremyn de Fontenille, 1799. Cadre à réverbère, cuivre doré.

61 — Miniature ovale sur ivoire. Portrait de jeune femme en costume bleu du temps de Louis XV. Dans un cadre en argent repoussé s'appuyant sur un petit chevalet.

62 — Miniature ronde sur ivoire. Portrait de femme de l'époque de Louis XVI, vêtue d'un corsage gris perle recouvert d'un fichu de gaze. Coiffure poudrée. Signée : Lefebvre.

63 — Miniature ronde sur ivoire. Portrait d'un

jeune garçon vêtu d'un habit rouge, tenant un portrait de femme qu'il vient de terminer. Époque Louis XVI.

64 — Miniature ronde sur ivoire. Portrait de femme du temps de l'Empire, coiffée à la Titus et vêtue d'un costume blanc et d'une écharpe rouge. Fond de paysage. Cadre en or.

65 — Miniature ronde sur ivoire. Portrait de Mme Sophie Gay, vêtue d'une robe rose à taille très courte.

66 — Miniature ronde sur ivoire. Portrait de jeune femme vêtue d'un corsage bleu, une rose à la poitrine. Cheveux blonds bouclés retombant sur les épaules.

67 — Miniature rectangulaire sur vélin. Portrait du marquis de Brienne, vêtu d'un riche costume grenat brodé d'or. Cadre argent doré.

68 — Miniature ovale sur ivoire. Portrait en buste de Bernadotte, roi de Suède, par Saint. Dans un cadre rectangulaire en or.

Provenant de la collection Couvreur.

69 — Miniature ovale sur ivoire. Portrait en buste d'un homme vêtu d'un habit brun. Cravate blanche et cheveux poudrés. Autour de la miniature, courent des ornements en cheveux. Époque Louis XVI. Cadre à réverbère cuivre doré.

70 — Miniature ovale sur ivoire. Portrait de la reine Hortense, en buste, corsage rose, un ruban passé dans les cheveux bouclés. Cadre à nœud en or gravé et émaillé d'un large filet bleu de roi.

71 — Miniature ovale sur ivoire, par Augustin. Portrait du duc d'Yorck, frère du prince régent d'Angleterre, en habit militaire bleu à collet et parements rouges. Signée à droite. Cercle en or.

72 — Miniature ovale sur ivoire. Portrait de Godoï, prince de la Paix, en grand costume bleu brodé d'or. Dans un cadre rectangulaire en bronze doré. Provenant de la collection Couvreur.

73 — Petite miniature ovale sur ivoire. Portrait de Camille Desmoulins. Cadre bois noir.

74 — Miniature ronde sur ivoire. Portrait d'homme du temps de la Révolution, vêtu d'une redingote à pèlerine et d'un gilet jaune. Cadre bois noir.

75 — Miniature ovale sur ivoire. Portrait d'un personnage du temps de la Révolution, habit vert, gilet rouge à revers, cravate blanche. Cadre à nœud bronze doré.

76 — Miniature ovale sur ivoire. Portrait en profil de M. de Buffon, par Sauvage, en grisaille sur fond noir. Cadre en bronze doré.

77 — Miniature ovale sur ivoire, par Fourcade; 1810. Portrait de Métayer, ex-officier de marine, inspecteur de l'Opéra-Comique. Signé à droite. Cadre cuivre doré.

78 — Miniature ronde en ivoire, par Bouton; 1795, Portrait d'homme en buste, vêtu d'un habit brun, gilet rouge et cravate blanche. Signé à droite. Provenant de la collection Couvreur.

79 — Miniature ronde sur ivoire. Portrait de femme

du temps de Louis XVI. Corsage violet, coiffée d'un large chapeau de paille. Signée à droite J. Ward, 1785. Cadre à réverbère, cuivre doré.

80 — Miniature ovale sur ivoire. Portrait de jeune femme en coiffure poudrée et robe de nuit blanche, fleurs bleues à la poitrine.

81 — Miniature rectangulaire sur ivoire, attribuée à Le Prince. Un peintre reproduit les traits d'une jeune femme, qui pose devant lui, entourée de personnages allégorique. Époque Louis XV.

82 — Miniature ronde sur ivoire. Femme assise sur un lit de repos, ornant sa chevelure de perles qu'elle prend dans un coffret placé près d'elle. Époque Louis XVI.

83 — Miniature ronde sur ivoire. Sujet allégorique, d'après Huet. Cadre bronze doré.

84 — Grande miniature rectangulaire sur vélin. Flore et Zéphyre, d'après Coypel. Cadre à nœud en cuivre doré.

85 — Grande miniature rectangulaire sur ivoire,

représentant une bacchante endormie dans un paysage.

86 — Miniature ovale sur ivoire, représentant la Nuit laissant tomber des pavots. Cadre en bronze doré.

87 — Miniature ovale. Bouquets de fleurs dans un vase. Sur la tablette qui le supporte, se lit la signature V. Pol. Cadre en or.

88 — Miniature ronde sur ivoire. Portrait d'homme du temps de la Révolution. En buste, vêtu d'une redingote marron à haut collet, gilet bleu. Cravate blanche. Cercle en or.

89 — Miniature ronde sur ivoire. Offrande à l'amour, grisaille.

90 — Miniature ovale sur ivoire. Portrait de jeune villageoise coiffée d'un bonnet blanc, corsage bleu recouvert d'un fichu blanc.

91 — Deux miniatures ovales sur ivoire. Portrait du marquis et de la marquise de Saguardia. Costumes du temps de l'empire. Signées : Arasbaux, 1821.

92 — Fixé. Le Chien blessé, par Demarne. Cadre en bronze doré.

93 — Fixé. Danse de villageois. Cadre bois noir.

94 — Miniature à l'huile. Fête flamande. Cadre bois noir.

95 — Grand fixé rectangulaire. Paysage antique animé de personnages.

96 — Miniature à l'huile. Paysage animé de personnages et d'animaux.

97 — Deux fixés rectangulaires, représentant l'un, une marine, l'autre, un paysage avec cours d'eau.

98 — Fixé. Des paysans causent à l'ombre de grands arbres.

DESSINS ET GOUACHES.

99 — Planchette en velours grenat contenant trois vues du Panthéon, l'une représentant l'aspect extérieur, la deuxième l'intérieur, et la troi-

sième le plan de l'édifice. Ces trois petites gouaches ont été reproduites en gravure par Moreau le jeune. Cercles en or. Provenant de la collection Couvreur.

100 — Gouache représentant un parc dans lequel se promènent de nombreux personnages en costumes du temps de Louis XV.

101 — Une jeune femme couchée dans un lit cause avec un jeune homme debout devant elle. Dessin à l'encre de Chine, dans le goût de Eisen.

102 — Le Parc d'Ermenonville. Dessin au crayon par Desfriche. Signé et daté 1790.

103 — Petit dessin au crayon, représentant en profil un personnage du temps de la Révolution.

104 — Dessin à la mine de plomb, rehaussé de couleur. Portrait de Joseph Chénier. Cadre bronze doré.

105 — Petite gouache : Port de mer, dans un cadre à nœud en bronze doré.

106 — Gouache, par Lalman : Vue du Panthéon de Rome. Signée.

107 — Pastel, par Marin : Une jeune soubrette devant un miroir se pare des bijoux de sa maîtresse. Époque Louis XVI.

108 — Bacchanale, aquarelle gouachée par Caresme. Signée et datée 1781.

109 — Gouache attribuée à Mallet : Scène d'intérieur.

OBJETS DIVERS

110 — Beau et important groupe de terre de Lorraine, représentant deux femmes et un amour.

111 — Groupe en terre de Lorraine : Léda et le Cygne.

112 — Deux petites figurines montées sur socle en ancienne porcelaine de Saxe : Uranie et Terpsichore.

113 — Groupe en ancienne porcelaine de Hœchst : Jeune femme tenant un oiseau à la main, assise entre deux corbeilles.

114 — Groupe en ancienne porcelaine de Saxe, représentant l'Hiver.

115 — Figurine en ancienne porcelaine de Saxe : Jeune fille assise tenant sur ses genoux une corbeille de fleurs.

116 — Groupe en ancienne porcelaine de Saxe : Amours jouant avec une chèvre.

117 — Figurine en ancienne porcelaine de Berlin : Femme tenant des fruits dans son chapeau.

118 — Groupe de trois amours en ancienne porcelaine de Frankenthal.

119 — Statuette en ancien biscuit tendre de Sèvres : Amour tendant son arc, d'après Falconnet.

120 — Figurine en biscuit : Jeune fille tenant une cage à la main.

121 — Groupe en faïence : Vénus et Adonis.

122 — Bague en or enrichie d'une miniature, par Cosway : portrait de jeune femme en buste sur fond bleu de ciel.

123 — Bague en or ciselé de style Louis XVI, ornée d'une petite miniature gouachée représentant le jeu du colin-maillard, dans le goût de van Blarenberghe.

124 — Bague du XVIe siècle en or émaillé avec chaton orné d'une pierre bleue.

125 — Bague Louis XIII en or, chaton en roses et rubis.

126 — Montre Louis XVI en or émaillé d'un sujet pastoral.

127 — Éventail Louis XVI, monture en ivoire ajouré avec sujets en réserve sur fond de nacre. Feuille en vélin représentant une offrande à Cérès.

128 — Éventail Louis XV, monture en ivoire, feuille en vélin représentant une pastorale.

129 — Paire de pistolets Louis XIV, montés en cuivre gravé et ciselé. Le bois est très finement sculpté.

130 — Nécessaire en vernis Martin offrant sur les côtés des sujets de chasse. Monture en argent.

131 — Étui en vernis Martin, fond rouge rayé, avec sujets pastoraux. Monture en argent.

132 — Navette en vernis Martin, fond vert et sujets d'oiseaux, bordée d'ornements en argent.

133 — Navette en ivoire finement découpé à jour et décoré de sujets de chasse. Époque Louis XV.

134 — Une paire de petits chiens en bronze montés sur socle en marbre griotte. Époque Louis XVI.

135 — Petit cadre en bronze doré et très finement ciselé. Époque Louis XVI.

136 — Oliphant en ivoire sculpté offrant sur un côté des armoiries, et sur l'autre une chasse au cerf. Daté : 1697.

137 — Petit coffret laqué vert et or, garni en cuivre doré. Époque Louis XV.

RED. :

16

MIRE ISO N° 1
NF Z 43-007
AFNOR
Cedex 7 - 92080 PARIS-LA-DÉFENSE

379.89.70
graphicom

BIBLIOTHEQUE
NATIONALE
DE FRANCE
****
CHATEAU
DE
SABLE
1996

www.ingramcontent.com/pod-product-compliance
Ingram Content Group UK Ltd.
Pitfield, Milton Keynes, MK11 3LW, UK
UKHW020224180726
13838UKWH00005B/2183

9 782329 305066